影と水音

荻 悦子

思潮社

影と水音

荻　悦子

目次

装画＝著者　装幀＝思潮社装幀室

影と水音

樹間

窓際に立って
外をうかがうと
待ち構えていたように
やってくるのは雨だった

熟れた実も
ひび割れた実も
桃の木から全てなくなり
雨ばかりが勢いよく降った

訪ねてきた人が昔の話をした
記憶にない
知らない私が
なじみのない子供と一緒に
切り倒された木に上って
やじろべえのように揺れている

今年は栗もだめねという声がして
カナカナカナ
ひぐらしが鳴く
落ちた小さな毬をよけながら
妹が車で発っていった

古い木綿の布を漂白し
寝具や椅子を覆った

穫れない実の話や
母とのいさかい
その他に何を封印しよう

ある午後
雨は次第に細くなり
霧のようになって止んだ
木や草から露が滴り
匂いがしんとしみてくる

杉の林では
私に忘れ去られた子供が
両腕を上げ
太い材木の上を
傾いて歩いている

影と水音

音をたてて
水が湧いている
人工の池に
漲る水
手をかざすと
明るい水の揺れが
手の影を
指先から溶かそうとする

細い小枝をくわえて
鳩が歩いてきた
首を振りながら
そのまま進んでいく
後頭部から首への
滑らかな丸み

頼りなく
鳩が歩いていく先に
大きな金属の球体がある
鈍く光る球体
真中はくり抜かれている
穴があいた球体に映る
きれぎれの雲

揺らぐ樹々
花崗岩の腰かけ

鳩は
樹に飛び上がった
枝から枝へと移り
芯のない球体に映る
まだらな影の一部分となる
あるいは
空洞に影を吸われる

小枝は？

球体の真中
今ここの

欠けた
映らない部分
水の音は絶えない

どこへ行こうか

洋梨

洋梨を抱えてきて
両腕をほどいた
洋梨は
テーブルに落ち
少し震えて静まった

一つが横に
二つは縦になり
三つの洋梨が形づくる

影と
陰

若草色の
テーブルクロスに
影と陰が交じりあう
洋梨の形を逸れることなく
丸みを失わない

うす暗い
翳りの繋がり
それを
何かに喩えたくない
曖昧な境界
どんな記憶も

まつわらせたくない

新鮮な果実
いや
もがれてから熟し
色を変えながら
匂いを増している

洋梨の
形と色と質感
それぞれの大きさ
三つの位置
テーブルクロスにできた
翳りの範囲
それをただじっと見つめる

陽は南にまわり
綾織の布にできた隈の部分が
洋梨の重さに圧されて
浮き上がってくるようなのだ
私の喉から
低い母音を誘い出しながら

扉を開けて

廊下の暗がりにさしかかり
ガラスの扉のノブに手をかけた
喉の渇きをおぼえた

爽やかな
しかし少し青い果汁の味が
舌の脇の方によみがえった

扉の桟にある埃

飲み物の名は思い出せない
力を入れて扉を押した

扉は床の絨毯を擦りながら
九十度近くまで開き
壁に沿った電気コードにぶつかった

一年の終わり
分度器のあと一度か二度
扉は開ききらず

人にかけるたったひと言が
乾いた喉に張り付いて
優しい声にならない

扉のノブに手をかけたまま
暗がりに立ち止まってしまう
足元から古い繊維の匂いが立ち

廊下の先には
木の扉がもうひとつ
天井の弱い灯りを受けている

雨が木の葉を

遠退いていた音色が
ふと戻ってくる
木の葉の姿をして
雨に濡れながら
足元に舞い降りてくる

病院の前の石畳
人とすれ違い
傘を傾けた時

その葉が降りてきた
桜の葉
シロフォンの音がした
それはほんの一瞬だった

落ちた葉を
雨がしつこく叩く
それはもう
澄んだシロフォンの音ではない
老人の声が潜んでいて
低く人の名を呼び続ける
呼ばれているのは
たぶん
シモーヌ

人々が落葉を踏んでいく
濡れた葉は
透けて薄くなり
やがて消えるだろう
道の隅には
風に吹き寄せられ
乾いて崩れた葉の堆積がある
赤や黄色を粒状に留めながら
土に変わろうとしている

失くしたものが
木の葉の姿をして
ふと足元に戻ってきた
という思いも砕けてしまう
土に混じる色素のような

はかない痕跡を抱え
雨の中を歩いた
雨に潜むくぐもった声は
なおもシモーヌを呼んでいる

目的の場所に行き着くと
扉が少し開いていた
女の人はいるが
一人のシモーヌもいそうにない
シモーヌの弟はなおのこと

あの俯いた青年
シロフォンではなく
レジスターを前にしている

土地の名

夕ぐれ
列車は渓流の傍を走った
澄んだ流れが
窓のすぐ下にあった
灌木の繁みを過ぎた
湖が現われ
暗い水に突き出た場所に
古い城が見えた

シャンベリー

この近くには
一度来たことがある

桜や松の木
ひんやりと風が来た
耳や腕に
直に感じた感触
音
そのままに思い起こしたい

私はじっと座ったまま
視線を巡らした
心は視線を越えて伸びていった

光が消えた湖の岸から
なだらかなはずの山稜まで

ローマ時代の狭い遺跡
野晒しの石の質感は覚えている

低い石積みの周りに
細かな礫が散らばっていた
そこを人が歩いていた
湖の方へ礫が飛ぶ
あるいは転がり
流される

風や雨
人の手足

湖の
底から湧くような
暗い水の動き
ひたひたと
揺れるそれをも
波と呼び

シャンベリー

夕ぐれ
湖を過ぎた
水を背に
古い城が暗く見えた
寺院だったかもしれない

正午

時計の針が重なった
正午
床の上に
白く明るんだ長方形ができている

何を通ってきた外光だろう
枠に嵌まったガラス
いや
開いた窓の
空間そのものの形

人気《ひとけ》のないサロン
戸や窓が開け放たれ
椅子が窓際に寄せられている
何かが始まるとは
誰かを待っているとは
見えない

「フランス窓というのが
わからないのだから
薬莢のシェルを
貝殻と訳したりしてさ
ミステリー小説なのに」

懐かしい声が過ったあと

心地よい風がサロンを通り抜けた
風は
草の匂いを運んできて
床の上
明るい長方形の空間に
足の長い細い虫を残して去った

カリグラフィーの文字が
額の中で色褪せ
その下にあるコンソールには
碧い石

ブザーの音がする
庭を挟んだどこかの
呼び鈴

つりうき草《そう》

ホルシャータという飲み物を飲んだ
乳白色の果汁だった
あらい甘みがあり
粘りが唇にこびりついた
ペドロの妻のトーナに
飲み物の名を発音してもらい
綴りを書いてもらった
池には噴水が上がっていた
ペドロが水の中に腕時計を落とした

拾い上げて
大丈夫だろうかと深刻な声で言う
私はひどく疲れを感じた
赤紫のフクシアが咲いていた

遠い昔の
スペインへの旅を思い出し
梅雨明けにフクシアの鉢を買った
萼かもしれない白い弁が四枚
丸まったピンクの花びらが四枚
長い蕊が垂れている

古い手帳を開いてみると
ホルシャータを飲んだのは
土曜日で七月十二日

horchata
トーナの筆跡がある
フクシアの簡単なスケッチは
ボールペンで私が描いた
fucsia
つりうきそう
絵の脇に二人の文字が残っている
それを見ても
無愛想だったトーナの背の高さが
一本の高い杭のようによみがえるだけ

ペドロはその頃
独りでフランスに留学していた
後に化学の研究をやめて
カタロニアの地方議員になった

今は国会議員だと人づてに聞いた
トーナは地元で薬剤師をしていた

変色した手帳には
物の名前以外のことは
何も書かれていない
ジェローナという田舎町
古い寺院
石を敷きつめた庭に
噴水が上がり
光が白く眩しく
人と離れたかった
私の心のうちは何も

フクシア

またはホクシャ
つりうき草《そう》を
おもいきり太陽に当てた
南の花は
ふっくらと膨らむだろう

そのはずが
花は次第に小さくなり
元の三分の一までになった
八月
葉が日焼け
たくさん散り落ちた
新しい蕾は
マッチの先の小ささで
早くも赤みがさしてきて

少し膨らみ
開かないうちに
乾いてしまう

窓

最初はモスグリーン
高い樹から描き始めた
次いで
杏色が目に飛びこんできた

丈の低い草と花を杏色に塗った
縦縞のある細長い葉が伸び
淡い黄色の花がそれを越した

樹の形を手で強く擦る
パステルを粉にして撒く
楕円形の植え込みが
色を盛った器のようになった

その光景は
窓越しに見たもので
夏の初めだったとしよう

鉄だったか
木だったか
窓枠を描いていないから
透明な窓ガラスはまだ現われない
窓枠を紙全体に描くことにする

青と濃い緑に
いくつもいくつも
何重にも

窓枠をさらに増やしていく
樹や草花が
次第に小さく区切られる
色が混じりあい
線や染みや斑点のようになる

ついには
窓枠を塗りつぶす
灰色と白を重ねて指で伸ばす

パステルの粉に咳きこみ

花の匂いや
肌寒い朝の記憶
鳶の声
時間のはてを思いながら
手を動かし続ける

底に潜む
全ての色を透かし見せ
枠が消えた画面
指が辿った軌跡は
ゆらり
海月のように
儚い形を浮き上がらせた

月の夜に

息が切れたわけではなかったが
木蓮の木が揺れて見えた
丸いうっすらとした月がかかっている

亡くなった人のことを思った
その人は
月をレモンの切り口に喩えたのだった
今夜の月は
レモンの果肉ほども色がない

わずかに銀を帯びた白い月
この月の光を浴びれば
草木も人も
いっとき清らかに輝くだろう

冴えわたる空
木蓮の花は
全身で耳になって
いっせいに同じ方向に傾いている

遠い半島
重なる山襞の深い底の方で
鹿の子が
谷の水を飲んでいるらしい

月の色をした水が
月の影を揺すり
ひそかな音を立てる鹿の子と
水の上に
山吹升麻の白い花がこぼれる

鹿の子は
首を上げて細く鳴いた
月に何かを訴えるようだ
月には
最初から鹿の子が見えていた

木蓮の花は
遠いここで鹿の声を聞いた

同じ月に照らされて
身体を折り
短い花を終えようとしている

丸いうっすらとした月
光を奥まで透かすかのように見え
どんな果実にも似ていない

夜長月

空気が澄みわたり
空が濃い色をしている
大きな雲の塊が
三つ
繋がってゆっくりと動いていく

雲の向こうに
丸い月が
全円をわずかに削がれた月がある

丘の上に薄黄色く
直方体の建物が浮かび上がり
街灯の白い光が
四つ
五つ

木々は黒いシルエットになり
隣の草地は
柔らかい緑に輝いている
細かな草の花までが目に入ってくる

このような月の下で
いつだったか
アリアを深く響かせたと

遠い記憶の中の人が
ふいに近寄ってきて私にささやく

月には
探査車の轍と
宇宙飛行士が歩いた跡がある
砂漠に足を沈ませながら
別の人の空想が
その跡を辿っていく

もはや
兎や蟹は棲まない月
影を抱えた月は
二時間かけて右上方に移動し
月の左斜め下には

きらめく星が現われた

いくつもの
夢のうしろを追えなくなって
パソコンを繰ってみる
九月十五日
二十時の東京の空
くっきりと光を放つその星は
木星

一羽の雀

バルコニーの
磨り硝子の壁の向こうに
小さな影が動いた
かすれた音をさせて
左右に行き来し
手摺の上に飛び上がった

雀か

そこに花はない
実もないと
呼びかけながら
スプーンを口に運んだ

もっと大きな鳥が
鉢植えの花をつつき
忙しく羽ばたいて
南天の細かい赤い葉をも
散らせてしまった

雀は
手摺の上を前のめりに歩く

バルコニーの内側へは

決して降りてこない
外へ
松の木へと飛んだ

すんなりと
枝に着くことができない
小刻みに羽根を震わせ・
空中を上がり下がりした

一羽の雀にも神は
と謳い上げる讃美歌を思い出した
美しい曲
ガリラヤの湖から
遥かに隔たった旋律
その曲に涙した日もあった

今は
雀を愛でて
人を愛せないことをこそと
スプーンを置く
俯いたまま
テーブルクロスの皺を伸ばす

雀は
薄白い胸を見せ
松の枝からすぐに戻ってきた
そしてまた
松の木へと飛んだ

バルコニーの手摺と

古い松の木を
雀は
行ったり来たりする

ひょろりと高い緑の松の木
葉をなくした蔦が
灰色の蔓だけになって
長く梢まで巻きついている

鎮まった冬の大地
このような地の底から
熱い水が噴き出し
燃える火の柱に変わることもある
つい昨日
東京でそれが起こった

雀
もっと遠くへ飛ばないか

小雨が降り始め
風が出てきた
雀
鳥ならば
火の礫となって
はてへ

湾を行く船

船はまっすぐに進まない
何を避けるのか
少し後ろへ下がり
大きく廻り
ゆるゆると小さな岬に向かう

木の椅子の端で
私は俯いている
そばで交わされている会話が

ふと耳に入ってきた
話されているのは
どうやら昔の私のこと
ぼんやり
他人のことのように聞く
あと一人か
二人くらいの
私の知らない
私であるらしい少女の影が
揺らめいている

壁の手摺にもたれて
話をしている男の人たちに
見覚えがない
その男の人たちも

近くに座っている私に気づかない
この私のほかに
知らない私の影が
同じ船で
同じ会場に運ばれている

知らない人たちだが
同窓生らしい男の人たち
救命具のそばで
いっこうに話をやめない
　名前はよく聞いた
　今日　その人が来るからって……
遠い昔の
気遠いうわさ話が
ふいに今日の

潮の流れ
晴れていた空に
雲のきざし

濁った海水が
船に重くぶつかる
窓に散らばる滴を
スタッカート
音符のように拾ってみる

稲妻

堤防の陰に
男の人の声がした
はっきりと聞き取ってしまい
そのことがおそろしい
「あとからやってくる」
それは後から来るのだろうか

潮が変わり
海草が若くなった
珊瑚礁からは
紐のような生きものが上がった
白と黒の横縞
目をあざむくような十メートルが
細い渦を巻いて
浅い容器に納まっている
待っていたのは
そんなことではなかった

旅の後
届くのだろうか

稲妻が走り
鶯が鳴き始めた

待ち望んでいたことづては
まだ知らされない

逝った人はきっと
峯の上のあの雲の辺りに

黒種子草《くろたねそう》

ないものが
あるかのように
こんなにも泡立ち
膨らむ

手順を
ひとつ違える
あったものが
なかったかのように

底に鎮まる

色の薄い
黒種子草の花の背後に
絶えずある
含み笑い

もう
あの甕の
水を汲もうとは思わない

針状に茂る葉を刈り尽くす
午後の日ざしが
とろり蜂蜜に宿って
匙から逃げ去り

透明な硝子の
水差しの底
捨てたはずの
長い太い緑色の蕊が
束になってくねっている

未草

目を逸らされ
目を合わさない
遅い朝
未草の花が咲いた

花びらは
開くと同時に
光の眩しさに触れ
縁に薄く

血を滲ませた

問われず
問わない
夕暮れ
未草の花が終わった

未草の
萎れた花は
その場所で水に沈み
水の中で
実を結ぶだろう

私は
戸を閉めようとして

空の昏さに
頬を弾かれる

水や風や
他のものによって
未草の葉にできた
ひび割れ
孔

ささくれた痛みが
波状に伝わり
びっしりと池を覆う
池の水が
底から震える

水の中の芽は
伸びるほかにない
どの方向へでも
身をよじり
眩しい光へと

透明な糸

椿の花が
ひとつだけ咲いて
まだらに残った雪の上に落ちた
白に朱色の斑点がある
八重の花

いかつい頭をした
丈の短い魚が

鰭という鰭を広げ
ぴりぴりと電気を発するように
熱い色を全身にふり撒く

椿の花首に
そんな魚の頭部を見てしまう

雪の上に糸を垂らす
むやみに投げてはいないつもりの
釣り糸
ぐっと魚を引きあげるはずが
透明な糸は宙で絡まり
針は自分の口をひっかける

まだらな雪の上に

朱色に染まった魚は動かない
ぐぐっと身をよじり
腕をまわし続けるのは
私
微かに「ひっ」という
自分の気息を聞いている

夕潮

水は深い
平たい魚の群れが
翻りながら
上へ上へと昇っていく
海面が
夕陽に照らされていると知って
なおも上へ昇っていく

それを見つめる眼となって

私も上昇する
私はなぜか黄色い

藻の陰には
私のような形の
たくさんの眼が隠れている
何を見届けようというのか
藻のそよぎに添って
ざわつき
揺れている

先に海面に達したのは
平たい魚ではなく
何ともつかない姿をした私だった

私は思い切り跳ねた
下の方に
船のキッチンが見えた
紺色の琺瑯の鍋の底
黄色い私のようなものが
既にあった

砂山

内部にある
色を語ろうとすると
決め手がない

うつろな壺
うつろであるのに
ここ数カ月
少し重くなった

夕暮れに見た波
波の動きを
精緻に思い返せない
寄せてくる曲面
崩れ落ちる滝
と呟く

置時計
モンステラの鉢
眠るために
物の位置を変える
室温を確かめ
最後には部屋を替える

再び

海の水の動き
いっせいに走り出す
速い小さい波頭
それを生きものに喩えたくない
すると
言葉が見つからない

この時刻
海は荒れているか

「砂山」を
小さく口ずさむ
父が歌ってくれた
山田耕筰の曲
若い父と母の声

本当にそこから
私は来たのだろうか

うつろな壺
両手をまわし
何かの色
何かの徴を
探してもがく

うつろな壺
うつろであるのに
わずかに水が湧いたのか
白んでくる底に
セージの蕾に似た
瑠璃色の魚が滑り出た

花

華やかに
散るための
大きな花びら
消失に向かって
ふわりと広がる
柔らかな花びら

薔薇色に
ごく細い緑の脈が浮き

忘れようとばかりに
散り落ちる
大きな花びら
語りかけることは
何もない

涙ばかりが滲む
苦しみは
遠くへ流したはずなのに
起きる拍子にこぼれる
つうっと目尻を滑る
観念の海から来る飛沫
そう呼ぶことにした

柔らかな花びら

触れば
そこから早く縮みそうで
軽くそっと縁をつまむ
忘れられようとする
いや
積もろうとする時間の
脆いひとひら

薔薇色の花びら
散った順に
七宝の鉢に入れる
こんもりと積み上がり
うわずる声を
時に鎮めてくれるが

散った後の
花びらの集まり
色が褪せ
嵩が沈む
香が変わる

遠くへ
流れのある所へと
動いていた心が
鉢の中の花びら
乾いた重なりの中に
墜ちてしまう

晴れた海の沖へと伸びる
航跡のことは語れない

形

胸の底の
澱みが
形に飢える
花びらが多い
花びらが柔らかい
色の優しい
大きな花を求める

内側から

次々に
湧き上がり
花びらになって
ゆったりと開く
つい今しがたまでの
過去

広がり
増える
膜状の時間
ひらり
淡い紅色をつまんで
その先が見極められない

滞った空気

花の影
テレマン
管楽器の高い音が
辛うじて
青空を連れてきたが

自らの閾を越え
溢れ出ようとして
渦巻く淡い紅色
空は
たちまち
きれぎれになる

むかし
世界という言葉が

好きだった
地球というのでなく
外界という意味で

空
海
人
今は
何も知らないと言う

外へ外へと
広がるばかりの
膜状の時間
開ききった花の傍で
飲料が濁り

肩が重くなる

柔らかい
大きな
八重の花びら
微かに香り
順に剝がれる

過ぎたものが
また
はらり
卓の上にこぼれ
縁がわずかに縮む

テレマン

音を小さく絞ると
はや
逃げ去るものの
気配

前夜

渦巻きながらも
どこか沈んだ旋律
バロック・トランペットの音が
廊下を伝ってくる

日に日に細くなり
曲がって伸びる
シクラメン

読み進めることができない本を閉じ
色褪せた花の茎を
全て引き抜く
ヒーターの傍で
鳥や魚の
滑るような動きを思う

裸木の林を
今日も
尾長の群れがすいと過っていった
群れの動きは穏やかな波のようで
尾羽根の青が目にしみた

珊瑚礁では
鰭に浅い青を散らせて

武鯛が群れているだろう

この腕のひと搔きで
広い沃野へ
と
いかないものか

トランペットの音が消え
いきなり
時報が耳を襲う

あてのない
想いは
追われ

明日は
みりみり
春の嵐

初出一覧

樹間（「樹間から」改題）	「雨期」33号	一九九九年一月
影と水音（「影」改題）	「雨期」38号	二〇〇一年十月
洋梨	「現代詩図鑑」二〇〇八年夏号	二〇〇八年七月
扉を開けて	「現代詩図鑑」一・二・三月号	二〇〇七年三月
雨が木の葉を（「雨に濡れて」改題）	「雨期」37号	二〇〇一年二月
土地の名	「るなりあ」No.19	二〇〇七年十月
正午（「読解」改題）	「るなりあ」No.22	二〇〇九年四月
つりうき草《そう》	「雨期」44号	二〇〇五年二月
窓（「夏の窓」改題）	「るなりあ」No.16	二〇〇六年四月
月の夜に	「現代詩図鑑」五・六月号	二〇〇六年六月
夜長月	「るなりあ」No.27	二〇一一年十月
一羽の雀	「現代詩図鑑」四月号	二〇〇五年四月

湾を行く船（「送迎船」改題）	「雨期」52号	二〇〇九年二月
稲妻（「ことづて」改題）	「るなりあ」No.24	二〇一〇年四月
黒種子草《くろたねそう》	「るなりあ」No.15	二〇〇五年十月
末草	「るなりあ」No.18	二〇〇七年四月
透明な糸（「鰭」改題）	「るなりあ」No.2	一九九九年六月
夕潮（「上昇」改題）	「るなりあ」No.3	一九九九年十一月
砂山（「眠るために」改題）	「るなりあ」No.4	二〇〇〇年六月
花（「室内」改題）	「るなりあ」No.4	二〇〇〇年六月
形	「るなりあ」No.10	二〇〇三年六月
前夜	「るなりあ」No.8	二〇〇二年六月

＊詩集にまとめるにあたり、ほぼ全ての詩を改稿した。